# Voitonlippu Golgatalla on keskellämme

# Voitonlippu Golgatalla on keskellämme

Paavo Räisänen

Olen julkaissut aiemmin BoD:in kustantamana useita kirjoja.
Kirjailija sivuni: www.kirja-lakka.com

© 2025 Paavo Räisänen

Kustantaja: BoD · Books on Demand,
Mannerheimintie 12 B, 00100 Helsinki, bod@bod.fi
Kirjapaino: Libri Plureos GmbH,
Friedensallee 273, 22763 Hampuri, Saksa
ISBN: 978-952-80-8420-4

1

Sota käyty

taistelu voitettu

voittaja seisoo ristillä

verissään

rauha on Hänen ympärillään

Hän on mies

liha

ja kalliot halkeilivat

maa järisi

pyhien hautoja aukesi

he nousivat sieltä

edesmenneet pyhät

todistivat

ristin voitosta

## Paimenen ääni

Ihana on Siion virtoinensa

sen rannoilla laulavat toukomettiset

kulkevat joukot pyhien

kuin lammaslaumat

Hyvän Paimenen johdolla

hyvässä suojassa


Vaanivat sudet laumaa

eivät tunnusta Paimenta

voiko paimen sauvallaan

suojella laumaansa


Jumala lähetti palvelijansa

saarnaamaan hyvää sanomaa

parannusta synnin juoksusta

miksi joukko ihmisten

vastaa vain vihalla

Ei usko joukko jumalaton

saavansa enää anteeksi

vaikka parannusta saarnataan

kaikille kansoille

polttaa synti sovittamaton

ei kestä ylentää katsetta

ristin voittajaan

Kutsuu ääni Paimenen

kaikkia sisälle

armovaltakuntaan

on tarjolla Evankeliumin vapauttava Sana

uhriveri

pesee synneistä.

**Tämä on musiikki-runo videona Youtube kanavallani.jolle on linkki kirjailija sivuiltani kirja-lakka.com**

Pääsiäisaamu

kuolema on voitettu

ihminen on kuolematon

todistettu

Kuoleman jälkeen alkaa

iänkaikkinen elämä

kukin saa sen jälkeen

mitä lihassansa tehnyt on

tuomiolla on vain kaksi joukkoa

Isän siunatuilla

jotka uskoivat Herran Sanan

osa autuas

Syntien anteeksi antamus ja armo
ennettiin heti Paratiisista karkoituksen jälkeen
jo silloin oli Evankeliumi
uskovaiset olivat armon lapsia
nuori Daniel, Joosef ja Daavid
todistavat sen
Vanha Testamentti puhuu enemmän
kapinoivasta
epäuskoisesta kansasta
olivat aina ne
jotka uskoivat armosta
sillä synnit sovitettiin lupauksella
jo ennen kuin koko maailmaa oli luotu
kun Poika sanoi Isälleen:
"luo sinä.minä lunastan"
lupaus täytettiin ristillä
uhriveri vuoti edestämme
saatana ja käärme oli murskattu
voitettu
pahuus pakeni pimeyteen
tuli aika jumalattomuuden
pahuus ryömi pimeydestä esiin
valehteli.mikä on.
sanoi itseään hyväksi
ristin Voittoa ei voi mitätöidä
Jumala on kansansa turva

Hebrealaiskirjeessä sanotaan:VT    uhrijumalanpalvelus valmisti ulkoiseen    menoon    sopivaksi.Jumalanpalvelus    on tällainen.sinällään Jumalanpalvelus ei pelasta eikä siinä saa syntejä anteeksi.me tarvitsemme ulkoisia toimenpiteitä.ne valmistavat meitä.mutta synnit on saatava Evankeliumin saarnasta anteeksi.meillä on esim. sauna.ei siinä saa syntejä anteeksi.mutta kun synnit saarnataan anteeksi.on    tosiasia.lihan    synti tahtoo    jäädä vaivaamaan lihaan.sauna voi ulkoisesti auttaa puhdistumaan siitä.tällainen on myös Jumalanpalvelus.tällainen oli myös VT uhrijumalanpalvelus.syntien anteeksiannon Evankeliumi oli jo Vanhan Testamentin uskovaisilla heti Paratiisista karkoituksen jälkeen lupauksena Kristuksesta.

baal,rimmon ja antikiristus ovat saatanan ja henkivaltojen tekemiä luomuksia.niitä ei ole olemassa yksittäisenä olentona.ne ovat kuitenkin todellisia.saatana ja henkivallat todistavat niiden olemassaolon.

Aaron lankesi Siinain vuoren juurella.kun kansa napisi ja suuri osa kansasta kielsi uskonsa.hän oli kuin epäuskoinen pappi.ei puhutellut ja nuhdellut synnistä.rohkaissut uskomaan.vaan teki kultaisen vasikan.epäjumalan.Jumala suuttui tästä.aikoi hävittää kansan.Mooses kääntyi Jumalan puoleen.rukoili.Jumala armahti vielä kansaa.Aaron sai myöhemmin syntinsä anteeksi.

2

Iisakin uhrauksessa.jonka Jumala lopulta esti.oli esikuva Jeesuksen uhraamisesta.sillä ei kukaan voinut ottaa Jeesukselta henkeä.Hän antoi sen itse.Jumala uhrasi Poikansa.Jumala todisti myös Aabrahamin uskon oikeaksi.joka on kerrottu Hebrealaiskirjeessä.Aabraham uskoi:Jumala voi herättää Iisakin kuolleista.Jumala herätti Poikansa kuolleista.

avaruuden henkivalta on maan päällä satu.synti saa aikaan.että se saa valtaa.ihminen uskoo siihen ja tekee sen tarinoista totta.vaikka se on valehtelija.se kertoo hirvittäviä salaisuuksia.taikaosia.se on valehtelija.sillä on yliluonnollisia lahjoja.mutta se joutuu perääntymään Jumalan voiman edessä.sillä sillä ei ollut lupa tulla maan päälle.

Jeesus sanoi:"miksi te minua hyväksi sanotte:ei kenkään ole hyvä.paitsi Jumala."Jumala yksin on hyvä.hyvän ja pahan välinen taistelu maan päällä on saatanan vale.saatana sanoo olevansa hyvä ja todistaa sen filosofisin.teologisin ja humaanein keinoin.saatana sanoo myös olevansa paha.todistaa senkin.hyvän ja pahan välisessä taistelussa saatana sotii itseään vastaan.juonii.hän saa aikaan pahan.antaa itse keinon voittaa se.ihmisellä on vähän omaa.Raamattu sanoo:eipä ihmisessä ole mitään omaa.hän kuuluu Jumalalle.paha viettelee häntä.ihmisellä on kuitenkin vapaus valita.kuunteleeko Jumalaa vai saatanaa.

saatana saa aikaan.että ihminen epäilee kaikkea.hän ei jaksa uskoa.pohtii Jumalan salaisuuksia.tekee niistä teologiaa ja aatteita.usko on yksinkertainen asia.Jumala ei neuvo pohtimaan salaisuuksiaan.joita emme kaikkia koskaan ymmärrä.emme koskaan saa maan päällä tietää.vaan Jumala neuvoo uskomaan yksinkertaisesti.armosta.

Jeesuksen oli kuoltava maailman synnin tähden.mutta heitä.jotka ristiinnaulitsivat.apostolin kautta Jumala syyttää:te ripustitte Hänet ristinpuulle.miksi.Raamattu sanoo myös:"se on mahdoton.että pahennukset eivät tule.mutta voi sitä.jonka kautta ne tulevat."Jeesuksen tuomitsijat olivat Jumalan vihollisia.uskostaan luopuneet.Jumala pakotti saatanan toteuttamaan sen.mitä uhosi:että hän pystyy tappamaan Jeesuksen.saatana ei olisi pystynyt.Jeesus antoi itse henkensä.Juutalaiset saivat rangaistuksen:Jerusalemin piirityksen ja keskitysleirit.Miksi.he olisivat saaneet anteeksi.mutta he eivät uskoneet.he ottivat ansion siitä:me ripustimme väärän profeetan ristinpuulle.osalle totuus kirkastui:Hän olikin Jumalan Poika.he eivät jaksaneet uskoa:Hänen kuolemansa saa anteeksi.

Lehdistössä vaikuttaa henki.joka vaatii vallan itselleen.se kysyy.sille on vastattava.median kuulu olla palvelija.joka tiedottaa.sille ei kuulu valta.lehdistö sanoo olevansa hyvä.palvelevansa oikeutta.pimeyden voimat vaikuttavat päivälehdistössäkin vahvasti.ne osaavat tekeytyä hyviksi ja valoisiksi.ne eivät ole tunnustaneet Jumalaa.koska jokaisella on herransa.ja on vain kaksi herraa:Jumala ja saatana.vihollinen käyttää mediaa hyväkseen.

TV ei ole koskaan uskovaisen kodin sisustus.se ei pääse eroon koskaan niistä pimeyden voimista.jotka perustivat sen.siellä totuus vääntyy valheeksi ja valhe totuudeksi.vihollinen hyväksikäyttää sitä viihteensä välityskanavana.

Mikä oli synti.mihin henget langettivat saatanan taivaassa.saatana alkoi himoita Jeesuksen synnitöntä lihaa.Jumala tarjosi armoa.saatana ei uskonut.nousi kapinaan Jumalaa vastaan.hävisi.ajettiin maan päälle.haluaa ikuisesti pojan lihaa naidakseen.

# 3

Veren saastaisen synnin himon salaisuus

niin monen haave tutkia

tehdä sitä oppi

kadottava

kun saatanan piikit ovat syöneet lihaa

iskeneet saastan vereen

jonka polttava himo

on saanut täyttymyksensä

on himo kulkenut läpi koko kehon

taittanut lihan

oppi jumalaton

aikamme epäjumala

Jumala on armahtava Isä

rakkauden Jumala

Hän on hyvä

mutta ihminen rakasti enemmän syntiä

hekuma oli hänen ilonsa

raha.valta.kunnia.himonsa.halunsa.

ei luopunut saatanan temppeleistä

heidän opistaan

koska he tarjosivat enemmän maallista

hurmaa hetken iloissa

luolissa pimeissä

valoja jotka loistavat

pimeyden kajastusta

tarjottiin elävä.aito Jeesus

ihminen rakasti Hänen siitintään

teki huorin tehneen Jeesuksen

antikristus

on heidän Jeesuksensa

antaa armon kaikille

mutta ei uskovaiselle

Nooan aika oli kuin aikamme

ihmiset elivät synnissä

olivat suruttomia

Jumala sanoi Nooalle:

"ei minun henkeni pidä puhutteleman ihmistä iänkaikkisesti"

Nooan saarnan aika oli pitkä

turha

ihmiset eivät uskoneet

apostolille Jumala sanoi:

"kun ihmiset eivät kuunnelleet saarnaa,

Hän.Jumala laski ihmiset häijyyn henkeen,

tekemään mitä ei sovi"

saarnaaja voi vain saarnata

tuomio

on ajan rajan takana

## Ajan rajan takana

Elämä on kuolemista

ylä- ja alamäkiä

vastoinkäymisiä

Kristuksessa meillä on uusi elämä

aamu uusi

uusi armon päivä

koittaa Jeesuksessa

ken uskonsa

toivonsa

Häneen rakentaa

Toivo hutera on jumalattoman

ei armoa

ei pelastusta

ajan rajan takana

vielä Kristus huutaa ristiltä

"uskokaa armon sanoma,

armon aika ei ole ohi,

kuoleman rajan takana,

on myöhäistä katua"


Saarnaa Siionin saarnamies

pelastusta katuvalle

kuihtuneet sielut saavat elämän

Jeesuksen verestä


Suuri joukko jumalaton

vaeltaa ilman toivoa

ei ole elämällä

ikuista päämäärää

vain hetken hurma

menestys ajallinen

raha, valta, kunnia

tieto joka oli vale

oli päämäärä elämän

loppu itku

hammasten kiristys


Toivo antaa elämää

Jeesuksen seuraajalle

vain hetken kiitää elämä maallinen

odottaa kunnia matkan lopussa

voittaja kruunataan

kunnian kruunulla

saa istua Kristuksen istuimella

joukossa pyhien.


**Tämä on musiikki-runo videona Youtube kanavallani.jolle on
linkki kirjailija sivuiltani kirja-lakka.com**

# 4

Avaruuden henkivalta oli paha.se vietteli jo lähes kaikki lapset viattomilta tuntuvilla saduilla.aikuisille ja nuorille sillä oli omat tarinansa taikuutta ja noituutta.ne olivat vain taruja.mutta ihmiset tekivät niistä totta.Jumala poisti avaruuden henkivallan.mutta pimeys ei koskaan usko sitä.tekee maailman loppuun asti totta näistä taruista.

Adam ymmärsi hyvin vaimoaan Paratiisissa.naisella oli himo mieheen.ja mies oli mielissään siitä.muuta heidän ei tarvinnut toisistaan ymmärtää.ei ollut tiedon himoa.ei syntiä tuntea toisen liha.

näette     nyt     avaruuden     henkivallan.jonka
amadon _vietteli.se_ vietteli     henget.henget     saivat     himon
Jeesukseen.he iskivät sen saatanaan.saatana alkoi himoita ensin
Jeesusta.ja kun ei saanut valtaa häneen.poikaa.ja miestä.

amadon.syvyyden enkeli vietteli avaruuden henkivallan.avaruuden henkivalta on taikuuden ja noituuden takana.se viettelee eritoten lapsia.kirjoittaa satuja ja taruja.jotka sisältävät salaista taikuutta ja noituutta.aikuisena näistä tulee totta.Jumala poisti avaruuden henkivallan.se on voitettu.mutta ihminen ei usko sitä.amadon.syvyyden enkeli puolustaa avaruuden henkivallan töitä.elää.se torjutaan.ettei sen töitä oteta.

avaruuden henkivalta loi taruja ja satuja.niissä on salaa takana taikuus ja noituus.se luo pimeyteen ilmentymän.joka pitää kiinni siitä.että hänen tarunsa ovat totta.ne ovat satu.josta ihminen tekee totta ottamalla totena sen opin.amadon puolustaa näitä taruja.on hirvitys.luo virtuaalimaailmoita.tekee niistä totta.amadon on voitettavissa.näillä henkivalloilla ei ole lupa olla maan päällä.niiden valta johtuu Jumalasta luopumisesta ja synnistä.

synnin toi maailmaan syntiinlankeemus Paratiisissa.sen toi käärme.saatana.amadon tekee taruja ja satuja.saa aikaan synnittömän tunteen.saa aikaan huorinteon.josta sanoo:se ei ole synti.tekee uuden ihmisen.elättää tarukuvioissa.joissa ei ole Jumalaa.

syntiä ei voi tehdä ilman.että saatanan työt ovat mukana.tuli synnin luvallisuus.amadon teki pahaa työtä.mutta sen tunteen.että Jumala sallii nyt tämän.toi antikristus.joka valehteli.millainen on Jeesus.

kaikki luonto- ja eräharrastukset ovat hyviä.ihminen ei saisi vieraantua luonnosta.koira on hyvä kotieläin.Jumala on antanut sen kotieläimeksi.samoin hevosen.ratsastus on yksi hyvä harrastus.kissa ei kesyynny.se on ikuisesti luonnosta ihmisen ottama villipeto.akvaario ja häkkilintuharrastukset ovat hyviä.

# 5

monet kirkkoisät olivat vieteltyjä.he näkivät uskossaan murtuneena pehmitetyn Jeesuksen.esim. kuva ristiltä kuinka Jumala siinä levitti rakastavat kätensä ja syleili maailmaa.on amadonin viettelemä erittäin paha ja turmiollinen Jeesus kuva.joka osaltaan luo antikristuksen.

Jeesus oli mies.Hän oli myös poika.turvallinen.rakastava.mutta mies.

avaruudessa on henki.joka sanoo olevansa sitkeästi Jumalan ensimmäinen vaimo.se on valehtelija.vietteli amadonin.se on kirkas.sen olemus muistuttaa uskovaista.senkin on Jumala Kristuksessa luonut.sekin on langennut.mihin.emme tiedä.

amadon on enkelin kaltainen.se esiintyy maan päällä henkenä.sillä ei ole lupa olla maan päällä enkelinä.siksi se vaikuttaa tarulta tai sadulta.se on vaarallinen.

tämä avaruuden henki.joka sanoo olevansa Jumalan ensimmäinen vaimo.on Raamatun varoittama maan huoruuden äiti.se ei itse saa tulla maan päälle.se on lähettänyt henkensä kautta ilmiöitään maan päälle.

näette.mitä Jumalasta luopuminen sai aikaan.ilmestyi kadotuksen lapsi.hän on viihde maailman takana.synti sai aikaan.että syvyyden kaivo aukesi.syvyyden kaivo on vertaus pahasta.mitä tapahtuu.saatanalla ei ole kaivoa.jonka voisi aukaista.nämä henget ovat aina olleet maan päällä.ne eivät ole saaneet valtaa.

kadotuksen lapsikin on henki.tekee synnin ihmisen.

näette.mitä Jumalasta luopuminen sai aikaan.ilmestyi kadotuksen lapsi.hän on viihde maailman takana.synti sai aikaan.että syvyyden kaivo aukesi.syvyyden kaivo on vertaus pahasta.mitä tapahtuu.saatanalla ei ole kaivoa.jonka voisi aukaista.nämä henget ovat aina olleet maan päällä.ne eivät ole saaneet valtaa.

kadotuksen lapsikin on henki.tekee synnin ihmisen.

näette:ei ole mitään uutta auringon alla.mikä tapahtuu nyt.on tapahtunut ennenkin.baal ja rimmon olivat saatanan enkeli.jolla oli avaruuden henkivallat palveluksessaan.sillä oli jo maan huoruuden äiti ja kadotuksen lapsi.ne ilmenivät silloin eri tavalla kuin nyt.

Meille annettiin Raamattu matkaoppaaksi.avaruuden henkivalta pystyy tekemään uskovaiselta vaikuttavan ihmisen.joka kuitenkin opettaa toisin kuin Raamattu.jos sanot sanankin toisin kuin Raamattu opettaa.otat sen pimeyden voimilta.

Jeesus lähetti seuraajansa kaikkeen maailmaan viemään Evankeliumin ilosanomaa.murhaajat pysäyttivät heidän matkansa.monissa maissa nousi filosofia Kristinuskoa vastaan.tuhosi elävää Sanaa.tulivat harhaopit.veivät alkukirkon eriseuroihin.

Jumala sanoi.kun loi Aadamille vaimon:ei ole ihmisen hyvä olla yksin.minä luon hänelle avun.ei Aadam osannut pyytää vaimoa.Jumala näki sen hyväksi.antoi.heidän piti olla toinen toisensa tuki.ilokumppani.saatana vihasi tätä sopua.särki sen.

"Niinkuin aurinko noustuansa kaunistaa Herran korkian taivaan, niin myös hyväntapainen vaimo kaunistaa huoneen" Sirak 26:21.